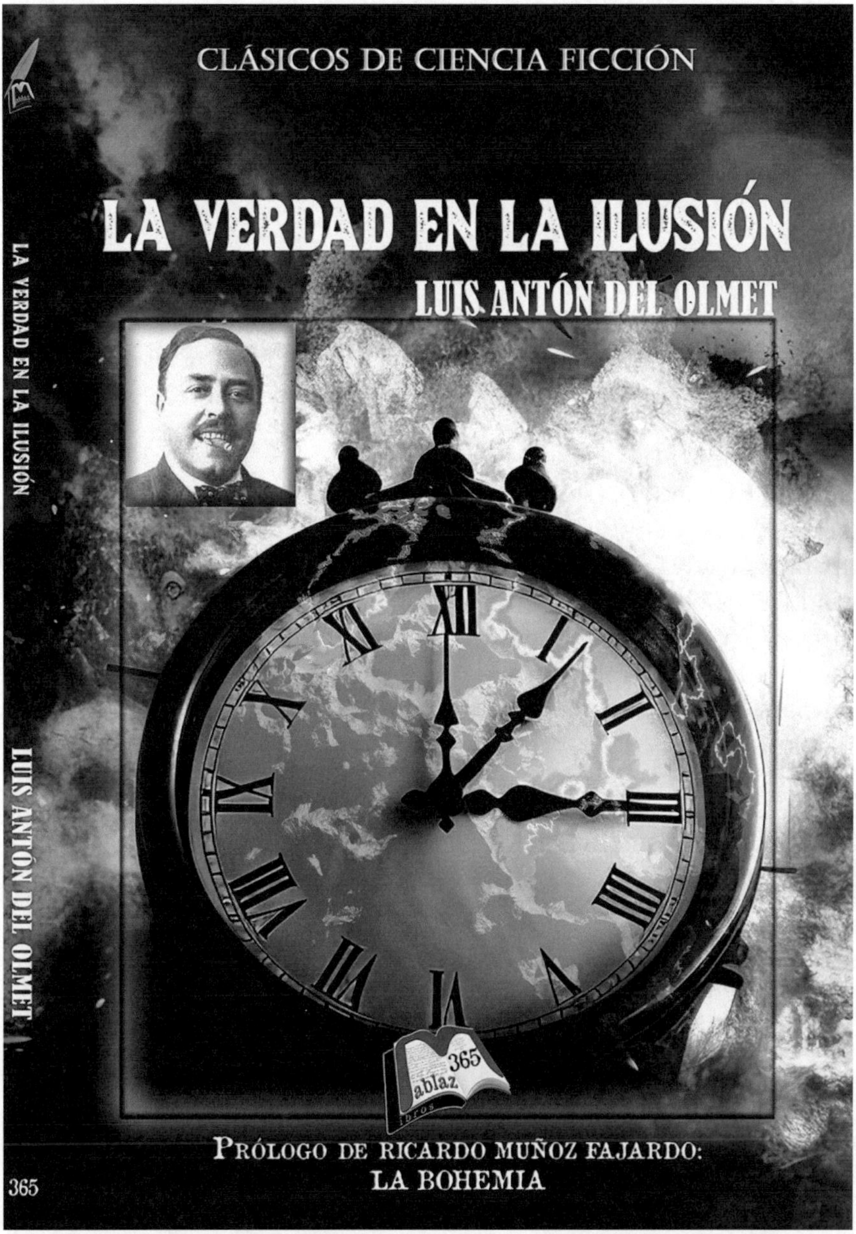

CLÁSICOS DE CIENCIA FICCIÓN

LA VERDAD EN LA ILUSIÓN

LUIS ANTÓN DEL OLMET

PRÓLOGO DE RICARDO MUÑOZ FAJARDO:
LA BOHEMIA

365

Ciencia Ficción y Fantasía – 133

La verdad en la ilusión
Primera Edición, septiembre de 2024

© De esta edición, Libros Mablaz, 2024

Blogs:
Editorial Libros Mablaz
http://editoriallibrosmablazycienciaficcion.blogspot.com.es/
Ciencia ficción y fantasía en Libros Mablaz:
http://mablazlibros.blogspot.com.es/
Introducción a las obras de Libros Mablaz:
http://librosmablazextractos.blogspot.com.es/
Libros Mablaz en Facebook:
https://www.facebook.com/groups/530547690292189/
Tu Librería en Casa:
https://www.facebook.com/TuLibreriaEnCasa
Librería Libros Mablaz:
https://www.todocoleccion.net/buscador?from=top&bu=libros%20mablaz

Diseño de cubiertas: Mari Carmen López

ISBN: 978-84-128624-6-1
Depósito Legal: M-20122-2024

LIBROS MABLAZ - 365

LA VERDAD EN LA ILUSIÓN

LUIS ANTÓN DEL OLMET

PRÓLOGO:

LA BOHEMIA

La definición que le RAE hace de la bohemia es « dicho de un modo de vida: Que se aparta de las normas y convenciones sociales, como el atribuido a los artistas», hombres — sobre todo— y mujeres que hacen de su existencia un modelo, en el que el librepensamiento y el convencimiento de su arte, en este caso la literatura, creen que les hacen diferentes al resto de la sociedad que le rodea.

Aunque hay autores que consideran que la bohemia existió siempre, en España, en general en toda Europa, es un fenómeno que se dio entre finales del siglo XIX y principios del XX, nacido en Francia en la época de Napoleón III, denominada Segundo Imperio, dado entre los años 1852 y 1870).

El representante por antonomasia del movimiento seria el escritor galo Henri Murger, que escribió *Escenas de la vida bohemia* (1847-1849), que contiene un prototipo de este tipo de personas, referida a la supervivencia de los escritores y artistas de tercera fila en el Barrio Latino de París, hambrientos siempre, rodeados de mugre, marginación, deudas, frío, alcohol, prostitutas. El libro tuvo un éxito apabullante, que su autor apenas pudo disfrutar, por su temprana muerte por tuberculosis.

Luis Antón del Olmet fue uno de esos bohemios, a pesar de su ideología conservadora y regionalista gallego. Él actuó sobre todo en Madrid, aunque en Barcelona triunfó otro tipo de bohemia con características propias.

Estos artistas eran asiduos de los cafés, el noctambulismo, la intelectualidad, la política e incluso de la extravagancia, coetáneos, sin llegar a formar parte claramente de ninguna de esas corrientes, del realismo, el naturalismo, la generación del 98, el novecentismo ni de la generación del 27.

El periodista y escritor Antonio Espina García (1891-1972), un estudioso sobre el tema, explica que un bohemio «tan pronto estaba en las barricadas como en la cárcel» y un hecho curioso que demuestra la locura de estos autores es que en una de sus tertulias, la que se celebraba en el Café Imperial, sito en la Puerta del Sol, se denominaba antesala del Saladero, en referencia al nombre de cárcel madrileña del momento.

La lista de autores de la bohemia sería prácticamente inabarcable, pero en algún momento de sus vidas pertenecieron a ella escritores como Emilio Carrere, Alejandro Sawa, Eduardo Zamacois, Joaquín Dicenta, Valle-

Inclán, Manuel Machado y Pío Baroja, aunque algunos no actuaron como tales siempre.

Tal como sucedió con Murger en Francia, hubo autores que escribieron obras que trataban sobre la bohemia. Un libro a destacar es *Troteras y danzaderas* (1913), de Ramón Pérez de Ayala, pero hay más, como *Luces de Bohemia* (1920), de Valle-Inclán, y una novela que se anticipa a estas dos, del propio Olmet, *El libro de la vida bohemia* (1909), entre otros.

Ya centrados en Olmet (1886-1923), antes de hablar de *La verdad en la ilusión*, hemos de decir que su muerte fue digna de una ficción bohemia, puesto que fue asesinado un día de principios de marzo de 1923, cuando presentaba una de sus obras en el Teatro Eslava de Madrid, a causa de un disparo realizado por Alfonso Vidal y Planas, otro escritor, parece ser que por causa de un lío de faldas.

La verdad en la ilusión (1912) es una distopía que guarda ciertas semejanzas con Un mundo feliz, de *Un mundo feliz* de Aldous Huxley, aunque se anticipa a esta treinta años.

El argumento empieza con una gran catástrofe que acaba con casi toda la civilización humana en la Tierra. Cuatrocientos años después, el protagonista despierta ubicado en una vitrina de un museo y tiene la oportunidad de conocer la sociedad del momento, totalmente diferente a la de su época, que vive un mundo extremadamente racional exento de la más mínima espiritualidad, que se parece en cierta medida a un anarquismo utópico, sin llegar a serlo, en donde ya no existe la individualidad, sustituida por una sociedad uniforme en la que ya no existen gobiernos, exenta de problemas por la desaparición de los sentimientos y las emociones.

Ricardo Muñoz Fajardo

Los Contemporáneos — 30 Cénts.

LA VERDAD EN LA ILUSIÓN
Novela de LUIS ANTÓN DEL OLMET
Ilustraciones de F. MOTA

PRÓLOGO

A un hombre bárbaro y feliz, que vive sin penas y sin literatura.

Me has escrito una carta ingenua, íntima, que transparenta el reposo de tu alma y el sosiego de la campiña gallega en cuyo regazo te arrullas, te disuelves, te acabas feliz... En ella hay un renglón trágico: «¿Lees mucho? ¿Piensas mucho?». Era la poesía del campo, la inocencia suave de lo impasible, la salud espiritual del vivir quieto, sin afanes, sumido en una ignorancia florida, quien me hacía esa pregunta bárbara, sarcástica, dislacerante... «¿Lees mucho? ¿Piensas mucho?».

Y eso me lo dices tú, sentado en el huerto, viendo crecer las flores, escuchando los vagidos tenues de una pródiga naturaleza fragante y callada, mientras preludiaría, allá en lo remoto, bajo la capucha monástica de un ciprés, su cantata melódica el ruiseñor. Y eso me lo dices tú, bárbaro, envidiable campesino sin literatura, brincando como un chacal rotundo, afirmativo, ignorante y dichoso, en la mitad tristísima de mis pobres inquietudes selectas.

«¿Lees mucho? ¿Piensas mucho?».

No quiero contestar a esa pregunta inicua en una carta deleznable. Te brindo este cuento.

Es como una corona de púas clavada en mis sienes, como un cilicio enroscado a mi carne.

Leo. Pienso. Estoy sumido en la melancolía.

Guarda estas páginas como atribulado símbolo de mis penas. Luego, brutal, inocente, deja cantar al ruiseñor bajo tu ciprés, aspira los esparcidos aromas de tu huerto, no leas, no medites, sé humilde, sé bueno, sé ignaro, no sacudas la dulce pereza de tu ánimo, y sobre todo, nunca, mientras vivas feliz, me preguntes si existo.

I

¡Cuál no sería mi asombro al encontrarme tras de la vitrina de un museo, convertido en momia, expuesto como un vestigio de civilizaciones pretéritas! ¡Cuál no sería mi estupor al despertar y verme rodeado por gruesos cristales, entre un ánfora griega y la túnica de un faraón! Era realidad, estuve a punto de sobresaltarme y hasta de insultar después al conserje que iba y venía por la estancia, ataviado con prolija ridiculez y abatido por un aire absolutamente idiota. ¡Caramba, que para un hombre como yo, culto y bien nacido, y hasta con sus pujos de sibarita, es fuerte cosa sentirse objeto de la curiosidad pública, no inspirando sentimientos más nobles que los arrancados a la arqueología por un hacha de sílice o una pintura mural de las cavernas! Felizmente diole tiempo el asombro a la memoria, y pude recordar, y pude reprimir el arrebato. Sí, en efecto.

Yo me había dormido inopinadamente. Acababa de tomar el baño, y cuando ya vestido disponíame a rizar la blonda rebeldía de mi bigote, oí un ruido bárbaro, descomunal, unánime, que lo atronaba todo. Luego se abrió la puerta del tocador y entró mi hermana despavorida.

Después un gran estremecimiento, una brutal convulsión en el orbe. Caí. Me fui quedando sin vista, sin oído, sin tacto. Al fin, un sueño profundo, inevitable, se apoderó de todo mi ser... Sí, yo había dormido mucho tiempo. Hice una pausa en el raciocinar y exclamé bastante molesto:

—¡Ah!, pero ¿es justo que unos desalmados aprovechen tal ocasión para trocarle a uno en guiñapo de museo? ¡Bonita manera de socorrer a un pobre ciudadano víctima de una catástrofe! Porque yo he sido víctima de algún fenómeno colosal, de algo estupendo y maravilloso que mi espíritu atolondrado no recuerda.

Un instante más de meditación, y todo lo vi claro.

Aquello había sido un terremoto. Yo había caído entre las ruinas de mi casa, tal vez entre las ruinas de todo Madrid. Pero no había muerto. No, eso era indudable, puesto que abría los ojos y pensaba y me sentía vivir, renacer. Yo había estado inerte, como fenecido, viviendo en un letargo absoluto. Así dicen que yacen algunos hombres del Polo, bajo la nieve, seis meses del año. Así fueron tomados por muertos algunos infelices a quienes asáltales bajo tierra el despertar.

—¡Cielos! —me dije descubriendo mi fortuna—. Menos mal que les he parecido un tipo curioso, y que se les ha ocurrido traerme a esta clemente vitrina, de la que voy a escaparme como es lógico, para seguir viviendo como es lícito.

Y sentí la tentación de asestarle una terrible coz al cristal, y darme con presteza a la fuga. Pero me detuvo una reflexión. ¿Me creerían un ser de otro mundo, un endemoniado? ¿Tomarían mi catalepsia inocente por algo sobrenatural y formidable? ¿Me matarían de verdad los bárbaros que me condenaron a encierro en vitrina? Así contuve mis ímpetus, me achanté, como suele decirse, aproveché al fin un descuido del vigilante, salí como un zorro, sin ser visto, y me lancé a la calle por una puertecilla excusada.

El mundo era completamente insólito. No quedaba un trozo de mi viejo y amado Madrid. Las casas eran enormes colmenas por cuyas ventanas entraban y salían los aparatos voladores que remedaban a mis incipientes monoplanos. No había tranvías ni coches. Los viandantes se deslizaban por unas láminas de acero que corrían vertiginosas. No había tiendas, ni guardias municipales, ni charcos, ni escombros, ni nada que revelase la existencia de un Ayuntamiento. Los hombres eran todos calvos, no tenían dientes, y hablaban un idioma parecido al español, algo así como si sobre este preclaro idioma hubiese caído el chaparrón de mil voces absurdas y extrañas. Las mujeres, a quienes al principio no supe distinguir, eran flacas, ágiles y feas. Llevaban el pelo cortado, y sólo se las podía descubrir en que hablaban pestes las unas de las otras. Los trajes de mujeres y de hombres eran sencillos y monótonos. La humanidad aparecía uniformada bajo unas túnicas grises, muy poco elegantes, y bajo unos sombreros de paja enormes y burdos. Era frecuente que los niños llevasen anteojos.

Algunos que jugaban en corro se deleitaban con un entretenimiento asaz protervo. Hacían pelearse, dentro de una vasija con agua, a dos seres diminutos, a los que llamaban el microbio del cáncer y el microbio de la tuberculosis, ya tan domeñados que tan sólo servían para distraer a los pequeñuelos.

Al principio no causó extrañeza mi traza. Pero cuando la gente comenzó a fijarse en mí, entrame gran rubor de extranjería. Y lo confieso avergonzado, sentí la ignominia de mi pelo abundante y rizoso, de mis blancos dientes y de mi traje, un traje primorosamente cortado por el mejor sastre de Madrid.

—Habrá que ponerse a tono —me dije, pensando en afeitarme la cabeza y en hacerme extraer la dentadura—. Y habrá que adquirir una de esas túnicas horrendas sacrificando la elegancia de mi indumentaria al buen parecer de todos estos asnos.

Busqué un bazar de ropas hechas, y como no viese ninguno, me acerqué al fin a un transeúnte, para indagar:

—Oiga, ciudadano, ¿dónde podría comprarme una de esas tuniquitas que usan ustedes? Al interlocutor pareció hacerle mucha gracia mi pregunta.

Lo digo porque presumo que sonrió, aunque estos hombres misteriosos parecían haber abolido el alborozo.

—Se conoce que acaba usted de llegar. ¿Es usted de Marte? ¿Acaso de Júpiter?

—No. Soy un madrileño sencillo, de Pozas.

El hombre desdentado tuvo una segunda risita pusilánime.

—¡Madrid! Habla usted de una ciudad que no existe desde hace cuatro siglos.

Yo me quedé absorto. ¡Había dormido cuatrocientos años! Volví a mirarlo todo con anhelo, con intensa curiosidad.

¡Claro, vivía en otra muy distinta civilización, en otro ambiente, cuatro siglos adelantados a mi pobre cerebro primitivo! Expliquele al transeúnte lo que me había sucedido, no pareció extrañarse demasiado, se compadeció de mi total ignorancia, y se declaró mi protector y guía.

—Vaya, venga usted conmigo —exclamó—. Iremos al gran almacén de túnicas, se proveerá usted, y ya vestido convenientemente, podrá empezar a vivir como un hombre civilizado.

Sacó un teléfono sin hilos de una faltriquera, habló con los aires, descendió un aeroplano hasta nuestros pies, subimos, y atravesamos el éter.

Fui todo el tiempo estupefacto. La visión no podía ser más inusitada. Bajo el aparato volador extendíase la ciudad, es decir, un conjunto abigarrado y monstruoso de grandes edificios: campos muy verdes que se veían crecer por instantes, que se resecaban por minutos, y cuyas cosechas eran recogidas, al paso que yo pude adivinar, a las pocas semanas de haber sembrado la simiente; fábricas descomunales, sin chimeneas, movidas todas indudablemente por la electricidad o por el radio.

Más allá de la población extendíase una llanura monótona, sin el menor vestigio de antigua belleza, sometida, torturada por el hombre. Las montañas, perforadas por cien túneles, no eran estorbo ni frontera. Las nubes, miedosas, atemorizadas sin duda, estaban muy altas, y allí, remotísimas, pusilánimes, cercanas del sol, parecían contemplar el espectáculo de la Naturaleza con un aire triste y pensativo. Yo le di con el codo a mi protector, y le hice un repiqueteo de interrogaciones ingenuas.

—¿Por qué no bajan las nubes hasta el suelo?

—Porque no queremos los hombres. Ustedes, los que vivían en la época bárbara, estaban expuestos a las veleidades meteorológicas. Si tenían ustedes ganas de calentarse los huesos, llovía. Si sentían en cambio la necesidad de que lloviese, lucía el sol calenturiento, anonadante. Eran ustedes como las bestezuelas, esclavos del capricho terrestre. Nosotros hemos dominado a la naturaleza. El sol y las nubes son nuestros servidores leales. Luce cuando queremos. Llueve cuando nos da la gana.

Mis ojos, consternados, hicieron una pregunta silenciosa:

—Es muy fácil, hombrecillo dentado y peludo. Tenemos unas máquinas terribles, de una complicación para usted no sospechada, que fabrican las nubes, y que las envían lejos, muy lejos, allí donde no pueden obscurecer al sol. Por medio de intensos fluidos las mantenemos a raya. Cuando nuestros campos tienen sed o nuestras calles están demasiado secas, un disparo eléctrico despanzurra los nubarrones y llueve... Y llueve lo que deseamos y el tiempo que apetecemos. De una manera semejante hacemos nevar. Alguna vez que otra, por mero espectáculo, producimos el granizo, el rayo y el trueno.

Satisfecha mi curiosidad en este aspecto llovedizo, pregunté la razón a que obedecía aquel formidable crecimiento de las plantaciones.

—Échase de ver —me dijo el hombre civilizado— lo primitivo de sus procedimientos agrícolas. Ustedes no tenían centeno ni trigo ni otra clase de cereales más que una vez al año, cuando el vientre cansino y cicatero de la tierra quería parirlos. Nosotros hemos abolido la tacañería del orbe. Un cultivo intensivo hasta la exageración, el empleo de abonos químicos, fuertes, enérgicos, vitales, la aceleración en el curso de las estaciones, pues nosotros fabricamos invierno y primavera, como ustedes fabricaban trapos, ha hecho que la tierra nos dé por lo menos doce cosechas anuales. Y así el hambre no es bajo el cielo más que una memoria lejana, una sombra pretérita y horrible de la que no queda ni el trasunto, algo así como fueron las pestes horrendas del siglo X para los hombres del siglo XX.

Empezó a entrarme una devota admiración por aquel individuo tan feo y tan civilizado.

—Son ustedes, en realidad, gente superior y privilegiada.

Yo querría ser amigo suyo, y si fuera usted tan bondadoso, me atrevería a rogarle la dádiva excelsa de su protección.

Dicho lo cual, y como soy hombre lo bastante bien educado para saber practicar las reglas más refinadas de la cortesanía, le di mi nombre, y estuve a punto de ofrecerle mi casa en la calle del general Porlier.

—Me llamo —le dije— Domingo Beltrán, soy notario del ilustre colegio de esta corte y vivo... Mi hombre echose a reír, siempre de aquella manera tan suave y tan intelectual.

—¡Yo no tengo nombre ni apellido, señor! Esas eran costumbres salvajes. Nosotros, como no tenemos religión, ni tenemos familia, hemos suprimido tales motes arbitrarios. Nos conocemos por números. Yo soy el 1.111.111. A cada niño que nace se le designa su cifra correspondiente, una vez registrado en el gran almacén de criaturas. Eso es todo.

El 1.111.111 parecía estar muy satisfecho de semejantes bautizos abreviados. A mí, sin embargo, me pareció una cosa muy poco bella, y por de menos interesante.

—Diga usted, ¿tampoco usan nombre las mujeres?

—Tampoco. Se las conoce también por números.

Yo sentí la tristeza da semejante catalogación fría y rutinaria. Adiós aquellos nombres tan bonitos, suaves y apacibles que tenían nuestras novias. Adiós Paz, Angelita, Esperanza, Gloria, Mercedes. Adiós felices tiempos en que las mocitas hechiceras decíanse de un modo fragante y tan sentimental. Me dio pena. ¡Qué lamentable tener que insinuarle a una mujer encantadora: «Escuche usted, 921».

Mas de pronto hubo de suspender mis interrogaciones y mis devaneos. El aeroplano se había metido por un ventanal en el gran almacén de túnicas. Era un establecimiento enorme de varios pisos, lleno de anaquelerías que guardaban las túnicas a millares, todas iguales, todas grises. Unos hombres flacos, sin dientes ni pelo, a uso de la moda antiestética, despachaban vestidos muy gravemente, como si realizaran un acto supremo y trascendental, sin aquella solicitud afable que distinguió a mis buenos horteras de la calle del Barquillo.

—A ver —dije con aire de comprador despabilado—, a ver, una tuniquita bien cortada y que me ajuste con garbo y gentileza.

El 1.111.111, cogiéndome de un brazo, me repuso casi brutalmente:

—No sea usted soez, y menos tramposo. ¿Cómo va usted a pagar la túnica? ¿Se imagina usted posible adquirirla sin dar nada en cambio? Yo no he sido jamás deudor impertérrito ni lioso profesional. Cuando viví entre los hombres salvajes cometí siempre la imprevisión de no tener acreedores. Yo era un hidalgo perfecto, incapaz de ser procesado por estafa. Así, ante aquella frase mordaz, verdaderamente inadmisible, me revolví lleno de indignación, exclamando:

—Oiga usted, caballero. Yo no voy a robar esa túnica, muy fea y muy ridícula, por otra parte. Yo he llevado siempre erguida mi cabeza, y no hubo sastrería ante cuya puerta me fuera preciso dar un rodeo. Aún tengo, si no me despojaron en la vitrina sus esbirros de usted, un par de duros con que pagar semejante guiñapo.

Estas frases, tan caballerosas como enérgicas, lejos de intimidar al 1.111.111 le hicieron reír satíricamente.

—Hombrezuelo primitivo y quisquilloso,

ignora usted lo que se dice. Guarde usted su grotesco par de duros. Tengo idea de que los hombres bárbaros, empleaban la moneda para realizar sus transacciones, y por ende sus tropelías. Nuestro siglo, siglo venturoso que no conoce esclavos ni déspotas, suprimió la moneda por dañina, por inmoral, por complicada. A usted le resulta muy fácil dar unos cachos de metal a cambio de una túnica. Dé usted esfuerzo, trabajo, equivalencia. Luche usted, afánese usted.

Me quedé sin resuello y a punto de llorar angustiado.

No existía el dinero. ¿Qué haría yo de mis cuatro mil duros de renta? Ni aun dándolos enteros en un acto dispendioso me entregarían una de aquellas túnicas horribles. ¿Qué sería de mi existencia? ¿Me sería forzoso trabajar? ¡Yo, tan inepto para toda labor seria! ¡Yo, a quien la neurastenia puso en trance de no poder siquiera contestar a mis cartas! Acongojado por aquel descubrimiento impío interrogué lleno de pavor:

—Bueno, ¿y qué me será preciso hacer para ganar la túnica?

—Es muy sencillo. Venga a ese rincón y agárrese.

Llegamos al rincón señalado por el hombre misterioso.

Allí había una plataforma de hierro y una palanca de bronce.

—Súbase usted a esa plataforma y empuje usted esa palanca.

Lo hice. Al cabo de un momento estaba rendido.

La palanca, entre mis pobres manos de rentista, pesaba como un pecado mortal.

—Siga usted, siga usted, hombre canijo y vago. Siga usted hasta que caiga un número en el timbre que se halla delante de sus ojos.

Miré. Había un timbre de metal, en efecto, verdugo implacable de mis brazos remolones. Proseguí la tarea.

Al cabo, el timbre zambullose en la pared surgiendo en su lugar el apetecido número 100.

—¡Basta! Acaba usted de fabricar cien sombreros.

Se ha ganado usted su túnica.

Me la dieron. Vestime. El 1.111.111, dándome un afable empujoncito hacia el ventanal, exclamó:

—Ahora vestido como un hombre civilizado, y con esta primera lección aprendida, venga usted. Entremos en el país de los hombres cultos.

Y subimos de nuevo al aeroplano, y dimos una enorme, magnífica volada sobre lo que ayer fuera Castilla y hoy es Orbe.

II

El aeroplano volaba con una velocidad inverosímil.

Su conductor, una especie de buzo silencioso, entusiasmado sin duda en la febril tarea, nos llevaba con presteza de rayo fugitivo. No se veía nada. Las ciudades, los campos, los mares, las montañas, eran confuso torbellino que pasaba como una alucinación.

—¿Quiere usted que vayamos a Oceanía? Es cuestión de media hora.

Yo, que siempre fui un poco galante, apasionado y amigo de la mujer bonita y graciosa, preferí...

—Mejor iríamos a Sevilla. Tengo apetito. Comería con gusto unos boquerones y bebería una caña de amontillado. Además, sería muy oportuno buscar unas mujercitas de buen humor y hacerles bailar algo de la tierra. Considere usted que no he comido, bebido ni amado desde hace cuatro siglos.

El 1.111.111 pareció sorprenderse mucho.

—Habla usted un idioma desconocido para mí. ¡Sevilla! Tengo una idea de que la historia habla de una población que tenía ese nombre. ¡Boquerones! ¡Amontillado! ¿Qué significan esos nombres absurdos?

—Significan, mi distinguido señor 1.111.111, que tengo hambre, un hambre descomunal. Repare usted que mis pobres intestinos llevan cuatrocientos años de abstinencia. Vayamos a un café, y si no es posible, a una taberna. Tengo ahora demasiado apetito para que me preocupen la historia y la filosofía.

Pero el criminal no se ablandó:

—Habla usted como un caníbal repugnante. ¡Comer! Eso ha pasado, eso ya no se hace. Eso es vergonzoso, y de un materialismo bestial. Créame usted, una de las más viles afrentas humanas ha sido la de comer carne y pescado. ¡Asesinar todos los días a miles de pobres animales, despedazarlos, hacerles verter sangre, devorarlos con una glotonería soez...! ¡Qué horror! Lo vi hacer un mohín relamido, hipócrita, de una espiritualidad zonza, disminuida, y continuó:

—El hombre moderno ha suprimido la crueldad.

Antiguamente la vida era como una gran batalla. En los mataderos, la escena cotidiana y repugnante de la inmolación. En las calles, según tengo entendido, se deleitaban ustedes mirando las terneras descuartizadas, los cerdos rajados por el vientre, los pescados, las agónicas langostas, que a veces extendían sus largas patas moribundas implorando piedad, mil clases de horribles embutidos, carne picada, triturada, para regodeo de unos paladares asquerosos. Ustedes, los hombres que comían, eran una especie de antropófagos absolutamente repulsivos.

A mí, la verdad, esta enumeración de platos, aun hecha con tanta iracundia, sólo alcanzó a producirme un apetito cada vez más truculento. Sería bestial, pero yo he prescindido siempre de toda consideración metafísica ante un solomillo bien cocinado.

—Y menos mal —siguió diciendo el inapetente— que cuando se morían le daban ustedes un lógico desquite a la naturaleza entregándose al gusano como vianda macabra y atroz. Eran ustedes unos atrasados, créame usted.

—Entonces, ¿qué hacen ustedes para estar alimentados y para no ser comidos? El 1.111.111 sacó de la faltriquera una pildorita.

—¿Ve usted?, contiene más substancia que todo un festín báquico. Es quintaesencia, elemento químico, síntesis de nutrición. Va directamente a la sangre, suprime la digestión, esa cosa tan sucia y tan desagradable, y sostiene la vida sin empachos, sin cólicos, sin hedores. ¿Quiere usted tomar una?

—Preferiría unos callitos bien sazonados; pero como estoy desfallecido, venga.

Me tragué la pildorita, y aunque no pude, como hubiera deseado, emplear mis dientes, súpome a gloria.

Instantes después, restablecido, confortado, arreboladas las mejillas y el pulso fuerte, sentime ahíto cual si hubiera ingerido un buey.

—Aun así —dije como si hablara conmigo mismo—, ¡aquellos filetes empanados que preparaba mi zafia Dorotea...!

—Esto se hace una vez al día. Los anémicos, los que necesitan sobrealimentación, se dan antes de acostarse una inyección de suero vital. Créame usted, no hay alimento que iguale a estos maravillosos productos.

—¡Vaya! —gruñí—. ¡Usted no ha probado el pote gallego! ¡Si lo probara no volvía usted a tomar esas pildoritas! Nutren, eso sí, ¡pero de una manera tan fría, tan breve, tan poco sibarítica! ¡Ustedes son unos hombres demasiado intelectuales! Han abolido ustedes lo mejor de la vida: el hostal. En fin —acabé permitiéndome una tímida frase irónica—, después de todo, ¿para qué necesitan comer unos hombres faltos de muelas?

—Las muelas, como el pelo, son de nosotros a ustedes como fue el rabo de ustedes al gorila. Los dientes, esos huesos en la periferia corporal, eran atributos de animal inferior. Lo mismo el pelo y las uñas. Nuestros organismos refinados han ido despojándose de tales huellas burdas y bárbaras. También hemos suprimido el bazo, un pulmón, un riñón. Del intestino apenas queda ya un tubo delgadísimo por donde expelemos la escoria infinitamente pequeña de las píldoras infinitamente asimilables. Ahora, un famoso médico tiende a llevar uno de los ojos, superfluo en la cara, al occipucio.

»Reconozca usted que ver por detrás es una aspiración legítima. Otro médico ha decidido ponernos un brazo y una pierna vueltos hacia la espalda. Es absurdo que no podamos alargar nuestras manos sino en un solo sentido, y que no podamos caminar hacia atrás tan aceleradamente como lo hacemos hacia adelante. También las orejas están situadas con poco sentido común. ¿Estorbaríanos una en mitad del cuerpo?

Es ridículo que sólo nos sea fácil oír con la cabeza. Y así, mi buen amigo, sucesivamente. La cirugía prospera, adelanta de instante en instante, ya corrigiendo los absurdos que nos ha impuesto durante siglos una naturaleza perezosa, lenta para la evolución, que va muy despacio por el camino secular de los refinamientos.

Yo iba perdiendo la cabeza al oír aquellas cosas tan exquisitas, de un espiritualismo tan exagerado. ¿Qué dirían los hombres de mi tiempo, imaginé, si vieran niños con ojos en el cogote? ¿Y qué dirían al ver estas mujeres calvas y sin dientes?

—En mis tiempos —exclamé dirigiéndome al 1.111.111—, hubo algunas bachilleras que adivinaron las costumbres del porvenir. Estaban mondas, pero la coquetería hízoles inventar pelucas y dentaduras postizas.

Después, una pregunta que me venía escarabajeando, brotó en mis labios tímidos:

—Oiga usted, respetable señor, ¿de qué manera consiguieron ustedes sustraerse al gusano? Es un adelanto que me preocupa.

—Sencillísimo. Por la cremación. Esto ya es antiguo. Hasta me parece que hace cuatro siglos hubo profetas que lo expusieron a la estolidez y a la superstición ambiente. La cremación. ¿Hay algo más decoroso? Del cuerpo humano, tan vil dejándolo pudrirse, no quedan más que unas cenizas. De los hombres ilustres guardamos la calavera. Unas y otras, en sus correspondientes globos de cristal, son guardadas en el gran almacén mortuorio.

—Almacén —interrumpí yo piadosamente—, al que irán las familias para hacer sus rezos.

—¡Rezos! ¡Familia! Ambas cosas desaparecieron para no volver. Sólo han rezado los hombres religiosos, es decir, los salvajes, aquellos para quienes era un enigma la naturaleza, enigma sólo explicado por la existencia de un Dios invisible, omnipotente y vengativo.

»Nosotros, para quienes el planeta guarda ya muy pocos secretos, ni creemos ni rezamos. Ahora la familia... Se interrumpió un instante el 1.111.111, y señaló con un dedo a la tierra:

—¿Ve usted? Oceanía. ¿Quiere usted que descendamos? ¿Prefiere usted el camino de América? Es cuestión de quince minutos.

—No, mejor será volar todavía un rato. Me interesa oírle.

—Bien...

Avanzó su cabeza hacia el mecánico, y le dijo:

—Dese una vuelta por los Andes, vuelva por el Himalaya, y otra vez a la Península Ibérica.

Luego, afable, impasible, como si hubiera dado la orden más natural del mundo, volvió a su tema:

—Decíamos que la familia...

Perdió sus ojos en el espacio, y afirmó:

—El sentimiento, la pasión, ya no existen en el mundo. Nuestros nervios, acuciados por la ciencia, ya no producen aquellas necesidades vanas que se decían amor, fidelidad... Entre nosotros el cariño es una fórmula social, un pacto, una disciplina, un egoísmo si así lo quiere usted. Nos amamos porque necesitamos los unos de los otros. En definitiva, sólo que poniendo los ojos en blanco y escribiendo leyes y madrigales, hacían ustedes igual. Nosotros, como desconocemos el amor, nos hemos ahorrado la familia.

—Entonces entre ustedes no existe la boda, ni la paternidad, ni todo eso tan bonito...

—La boda, no. La paternidad, a medias. Un ciudadano del siglo actual sabe que cuando los hombres eran bárbaros cortejaban a las mujeres, las perseguían, pillaban catarros bajo sus balcones, se casaban con ellas.

»Eso pertenece a un pasado pintoresco y lírico, realmente despreciable y ruin. Ahora, un hombre consciente sabe qué es una mujer, en qué consiste una mujer, la analiza, la ve en todas sus entrañas, en todas sus células.

»No puede amarla. Se limita a comprenderla. ¿Sería posible que el anatómico, imbuido en sus experimentos, le cantara endechas al músculo animal que tiene ante su catalejo? Y luego, el afán de reproducirse está muy entibiado entre nosotros. No es un sentimiento romántico o una propulsión instintiva como era entre ustedes.

»Ahora es una curiosidad, un deliquio, un

pasatiempo, acaso una función que consideramos grosera, pero necesaria, para que no se acabe la especie. Créame, más bien causa dolor que placer. Hemos llegado al extremo de ser preciso halagar con premios importantes a los que pierden su tiempo, el áureo tiempo que reclama el estudio, procreando estúpidamente.

—Algo así fue necesario hacer en Francia cuando yo vivía.

—Sí; pero los franceses huían de la paternidad por vicio. Nosotros huimos por talento.

—Entonces, ¿cómo hacen ustedes el amor?

—Lícitamente. Nos acercamos a una mujer y le decimos: «Señorita, ¿se prestaría usted a tener conmigo un hijo varón, rubio, de ojos azules que llegue a ser, andando el tiempo, un gran matemático?».

—¿Y es posible anticipar esos detalles?

—Por completo. Admirables aparatos quirúrgicos, modernos rayos X de una potencia insospechada, sabias recetas, una verdadera esclavitud ejercida sobre el espermatozoide, lo previene todo, lo dispone todo. Precisamente ayer, por capricho, engendré un médico ilustre, un ingeniero eminente y un gran historiador.

—Le felicito a usted, caramba. Yo me hubiera limitado a engendrar uno sólo, y para eso, ignorando si me saldría torero o sacristán. Entre las damas de mi tiempo, y a pesar de su calva y de sus lamentables encías, lo hubieran estimado a usted mucho.

Pero el aeroplano se había detenido ante un edificio enorme.

—¿Madrid ya?

—¿Qué Madrid? Ustedes tan chicos, tan lentos, dividían la tierra en ciudades. Nosotros la dividimos en comarcas enormes. Mi casa está en la Península Ibérica número 60.002.

—¿Y hemos llegado?

—Sí. Venga usted.

Entramos por el balcón y llegamos a un extraño aposento.

—Ahora —me dijo—, le referiré la historia del mundo. ¡Ah!, durante su catalepsia, mi buen camarada, han ocurrido muchas cosas.

Se acomodó sobre una silla de cristal, fabricó agua en un crisol eléctrico, bebió un trago, y empezó a decirme...

III

Sumiose un instante en sus recuerdos, y exclamó:

—La historia de los cuatro siglos que usted permaneció trocado en momia es la más interesante del orbe. La humanidad avanzó durante su transcurso más que logró adelantar desde que surgiera en la tierra el primer hombre hasta la fecha en que usted quedose dormido.

Yo, sin decidirme por entero a las especulaciones históricas, pues mi profesión es la de arquitecto, he dedicado mis ocios a su cultivo, y tengo una idea bastante profunda y exacta de los grandes acontecimientos humanos.

Por lo demás, nosotros, los ultracivilizados, como no hacemos el amor, ni comemos, ni jugamos, ni somos académicos, ni escritores, tenemos grande acción hacia todo lo que significa estudio y cultura.

Hizo una breve pausa y continuó:

—Le daré a usted una vaga idea, esbozaré un resumen ligero de lo acontecido hasta el momento actual. Oiga usted...

Alzó sus largas manos en ademán profético, y siguió:

—Usted ha creído, sin duda, que su fingida muerte le sobrevino por algún terremoto, por alguna hecatombe sideral, ciega, no perpetrada por el hombre... Se halla usted equivocado. Aquello fue un acto de anarquismo.

Durante un mismo día, y casi a la misma hora, fueron abrasadas por la dinamita, es decir, por una dinamita colosal, de más terribles efectos, Madrid, París, Berlín, Viena, Roma, Londres, Nueva York, Buenos Aires, Montevideo, Tokio, Pekín, Tánger, las grandes ciudades en su totalidad, y otras muchísimas de menos importancia.

Este ha sido el acto más hermoso que realizó la humanidad. Fue una cosa épica, bellísima, que anuló todas las epopeyas del mundo. Usted recordará cómo se vivía entonces. De un lado los aristócratas, los capitalistas, los políticos, los demagogos, los frailes, los jefes del socialismo, los poetas, toda la gente enredadora y holgazana, empeñados en conservar su postura. De otro, los anarquistas predicando en las logias, haciendo sectarios... Yo escuchaba con deleite un tanto perverso de iniciado, hasta que oí estas aviesas apologías, no pude reprimir mi protesta ferviente.

—Los anarquistas no fueron jamás héroes, ni mártires, ni otra cosa que unos miserables, unos cínicos, unos bicharracos, o en último extremo, unos morbosos, unos degenerados a quienes hizo bien la sociedad en perseguir. Cuando yo vivía en el mundo, en aquel viejo mundo, se perpetraba de vez en vez algún nefando crimen anarquista. Nunca he vibrado con tanta cólera como ante estos sucesos viles, realizados a sangre fría, aciagamente, hiriendo las cumbres del entendimiento y de la jerarquía, desolando a la humanidad, sin objeto, con saña de chacal, con saña peor que de chacal, con saña de hombre pervertido, la bestia más execrable y más vil.

No tuvo que contestar a esta indignación mía el hombre ultracivilizado. Yo seguí diciendo:

—Pero los más repulsivos anarquistas no eran los que arrojaban la bomba, los que esgrimían el puñal.

Siendo monstruosos, bellacos, indignos de haber roto, para venir al mundo, las entrañas de una mujer, al fin morían, derramaban su propia sangre asquerosa. ¡Oh, créame usted, los más viles eran aquellos bribones que incitaban, que azuzaban al crimen, lanzando calumnias, formando en torno de reyes y estadistas aureolas falsas de tiranías absurdas, los que por influir en la política, los que por una venganza personal, los que por un trastorno de sus toscos y zafios espíritus, los que tal vez por dinero, por lucro, por anulación canalla, excitaban la estolidez popular y llevaban al desequilibrio de las almas perturbadas y dementes, el designio macabro. Esos han sido los hombres más viles que recuerda la historia. No fueron siquiera suicidas.

El 1.111.111 me oía como distante, lejos de mi cólera.

Era un ultracivilizado, había suprimido la pasión.

Lo contemplaba todo desde un punto de vista metafísico.

Al rufián que hubiera violado a su madre no lo aborrecería. Sería, ante sus ojos fríos, gélidos, estúpidos, un caso de rara desviación psicológica. Al asesino que le clavara un puñal en el corazón, lo vería llegar sin odiarlo, sin despreciarlo siquiera, sin huirle, diciendo: «¿A qué fenómeno cerebral obedecerá esta sandez tan pueril?».

Aun así no me contradijo. Yo leía en su cara enjuta el asentimiento. Al fin exclamó:

—Yo no hago el ensalzamiento de los anarquistas. Desde Caín, matar al hermano ha sido protervo. Y luego, todos han ido engañados, por el ambiente o por sí mismos, por su propia estupidez, a matar lo menos dañino... ¡Reyes!... ¡Jefes de Gobierno! ¿Para qué? Pocos, muy pocos hubo en la historia verdaderamente infames.

Y luego, la sociedad, al fin magnánima,

irritada contra esas iniquidades, se rebelaba en una reacción lógica. Se han perpetrado muchos crímenes absurdos. Más les hubiera valido emplear sus puñales hacia muchos de aquellos que se llamaron demagogos y no fueron sino unos grandes tiranos del oro o de la conciencia.

—Entonces ¿por qué los defiende usted?

—Yo no los defiendo. Los miro, los contemplo nada más. A mí los únicos que me subyugan son aquellos destructores ciclópeos de la sociedad vieja y corrompida, los que volaron las grandes ciudades. Los demás fueron unos locos o unos vanidosos o unos miserables.

»Pero hablemos de nuestro asunto. Nunca hubo en la tierra contienda más enconada. Y es que las peleas anteriores obedecieron siempre a un lirismo, a un romanticismo.

»Roma y Cartago disputáronse la hegemonía del mundo. Paganos y creyentes lucharon por el dominio espiritual del hombre. Anarquistas y burgueses tenían algo más por qué reñir. Les movía el estómago, el sexo, la carne, la carne espiritada por la cultura. Unos y otros habían aprendido que no existen más goces que los goces materiales, que no existe más vida que la vida animal, y que sólo se vive una vez. Así, unos y otros, desdeñando los fementidos premios ultramortuorios, luchaban por la hembra, por la vianda, por el coche, por las joyas, por el placer y por la vanidad. Esto les hizo ser encarnizados, aunque también cobardes. Sus luchas fueron horribles, pero tímidas. Pocos, sabedores de que al morir se perdía todo, querían arriesgarse a combatir.

»Hubo, sin embargo, algunos intrépidos que señalaron con huellas de sangre el paso de la civilización, y hubo, sobre todo, unos insignes descubridores que se dedicaron en sus laboratorios a fabricar la extradinamita de que ya le hablé, y con la cual volaron hasta los cimientos de aquellas ciudades viciosas y cobardes entregadas al furor sexual y a toda vesania crapulosa. Usted creyó morir. Un fenómeno admirable, ahora muy conocido, le hizo sobrevivir cataléptico. Sea usted hoy testigo del fruto alcanzado por aquel acto hermosísimo, verdaderamente augusto.

Yo escuchaba con la mayor perplejidad esta serie de bestialidades monstruosas. Parecíame asistir despierto a la pesadilla de un orate. Pero como todo aquello me intrigara, hostigué al narrador.

—Siga, yo se lo ruego. Siga.

Y fue así, en efecto.

—La humanidad estuvo algunos años consternada. Fue como el caduco imperio ante las hordas bárbaras.

»Fue más intenso aún el estupor del mundo. Todo había quedado roto, deshecho, sepultado bajo escombros lúgubres. Millones de cadáveres se pudrían al sol. Los grajos, los buitres, los lobos, las hienas, se paseaban de ruina en ruina, ahítos y dueños del orbe. Durante medio siglo hubo en el planeta olor a muerto...

—¡Qué horror! —exclamé intimidado—. ¡Qué brutal escena!

—Sí, el espectáculo no debió ser nada bonito. ¡Ah, pero de aquel espanto surgió la redención, y allí se pusieron los cimientos de la nueva era!

—Pero diga usted, ¿cómo pudo quedar nadie tras de aquel estrago?

—Quedó lo mejor, lo más sano, lo virgen. Quedaron los campesinos, los pastores, la ruda y buena gente no contaminada, los que tenían la fortuna de vivir entre montañas abruptas, bañadas en sol y en viento, indemnes.

—Pero como no quedaron hombres de ciencia ni de cultura, la civilización yacería sepultada...

—No. Los anarquistas ilustres que devastaron el mundo cuidaron de salvarse, al menos en su mitad. Perecieron sólo aquellos mártires encargados de arruinar las urbes. Sin embargo, los otros, con sus libros, con sus instrumentos, con sus máquinas, con todo su insigne bagaje, avisados previamente, se guarecieron en el campo.

»Y así, tras la hecatombe, sólo quedaron sobre la costra del planeta los sencillos, los buenos, los que podrían ser educados en la nueva doctrina y aquella maravillosa generación de sabios, verdadera cuna de todo cuanto existe hoy. Y así nació la civilización que ahora tenemos.

»Créame usted. El abismo que separa la edad de piedra del siglo XIX, es menos profundo que la divisoria entre el siglo de usted y el mío.

Volvió a fabricar agua el 1.111.111, bebió y dijo:

—Pero no vaya usted a imaginarse que desde el principio hubo en el mundo tanto ni siquiera semejante progreso al hoy existente. Costó mucho llegar a lo que hoy hemos llegado. Tras el período tétrico de la consternación universal, vino un momento de lenta y segura edificación. Sin embargo, al cabo de un siglo tornó a brotar en el mundo la semilla del antiguo régimen.

»Como al fin y al cabo aquel gran suceso anonadador había sido pasional, los hombres continuaron teniendo pasiones durante largo tiempo. Y ellas engendraron nuevos sacerdotes, nuevos poetas, nuevos capitalistas, nuevos militares. Hasta hace siglo y medio aún se han dicho misas, se han compuesto endecasílabos, se acuñó moneda y se fabricaron espadas. El mundo era moderno; pero a veces, cuando menos se creía, daban en florecer brotecillos ancestrales que la guadaña previsora del progreso cuidábase de talar en seguida. No hace todavía dos siglos hubo en la tierra un fanático inventor de cierta religión, ya extinta, y hubo administradores del erario público, aquello a que ustedes llamaban ministros, diputados, concejales...

—Pero, ¿no existen ahora esos cargos?

—Ni hacen falta ni nadie querría ser cosa tan banal. Se anuló el dinero... ¿Para qué traficar donde no hay salsa en qué pringarse? La falta del dinero hizo absurdo el cargo de gobernador.

Yo pensé tristemente en la ñoñez de una pobre nación donde no es posible tener distrito ni enriquecerse con la política. ¡Yo que había soñado más de una vez con dedicarme a republicano para que me asignasen alguna bonita cantidad en el ministerio de la Gobernación!

Permanecí unos momentos pensativo, y continué preguntando:

—Bueno, y ahora, dígame usted, ¿qué naciones hay en el mundo? ¿Qué razas? ¿Qué idioma? ¿Cómo se gobiernan ustedes? ¿Qué sentido le dan ustedes a la existencia? ¿Qué descubrimientos sensacionales, decisivos aportó al progreso el hombre ultracivilizado?

—Pregunta usted con una prisa exorbitante —me respondió—. Sin embargo, tenga usted un poquito de calma y le iré dando una idea. Mire usted, naciones ya no las hay. La nación era una abstracción egoísta, sentida por los hombres de corazón mezquino. Ya no hay más que humanidad. Dentro de algún tiempo la humanidad también será un concepto muy chiquito. Pronto habrá universo. Pronto los seres que habitamos en los satélites del sol, amigos ya, pues llevamos algunos años en comunicación incesante, nos amaremos, nos compenetraremos. Tengo la evidencia de que a mis hijos les será dado poseer una finca de recreo en el anillo de Saturno. Más adelante, quizás, pasados muchos siglos, los entes que pueblan las demás constelaciones, tendrán idea los unos de los otros, y hasta es posible que puedan entenderse, y aun también amarse. Pero dejemos esto para otra ocasión. No involucremos. Ya le contaré a usted cómo son los marcianos, lo que han hecho para entenderse con nosotros, cómo viven, qué hacen. Hablemos ahora de lo nuestro. Preguntaba usted si había naciones, y yo le respondía que no. Seguía usted interrogando si había razas, y yo le digo que no también. La raza era una diferenciación en el tipo humano, producida por la falta de comunicaciones. El tren confundió a los andaluces con los gallegos. El aeroplano confundió a los españoles con los franceses. El extraaeroplano confundió a los europeos con los japoneses, los marroquíes, los patagones. Desde hace un siglo, casarse en Abisinia, pasar la luna de miel en el Indostán, tener el primer hijo en Extremadura, y pasear todas las tardes a orillas del Danubio, es cosa tan fácil como fue para ustedes realizar todo eso dentro de una ciudad pequeña.

Yo quise dolerme, al oír esto, de tan lamentable desaparición. Fui siempre muy patriota y amaba con sacratísima devoción las santas leyendas nacionales.

—Eso es muy triste —comenté verdaderamente contristado—. Siempre aborrecí a los franceses. Me parecieron unos hoteleros medio perfumistas y un poco modistos, sin entrañas ni gestos. Créame usted, confundirme con los franceses me hubiera parecido siempre muy mal.

—Lo comprendo. Pero no se aterre usted. Por fortuna para sus sentimientos patrióticos, España salió gananciosa con esta hermosa confusión. Se impuso a todas por el idioma. ¿Comprende usted mi léxico?

—Casi a la perfección.

—Bueno, pues como yo hablo, habla todo el mundo, los que tenemos ascendencia española y los que no la tienen.

—¿Ah, pero es usted español? ¡Qué alegría!

—Casi, casi... No sé quiénes han sido mis padres ni mis abuelos. El árbol genealógico de los hombres al uso está en blanco, y si fuese a endilgarle un chistecito diría que tiene cuernos por ramas. Pero tengo motivos para sospechar que desciendo, salvo instrucciones, de una familia castellana. Esto ni me ensoberbece ni me contrista, aunque tal vez hay un poco de lo primero. Al fin hemos sido los vencedores, hemos impuesto el habla.

A punto estuve de abrazar al 1.111.111 en un transporte de alegría. Aquella confesión, al través de su calva, de su túnica, de sus costumbres, de su temperamento, de su cerebralismo dominante, era como un eco vago, remoto y divino de la patria.

—Choque usted —le dije con escozor en los ojos—. ¡Viva España, pardiez! No apoyó el viva, encontrándolo quizá demasiado pueril. Sin embargo, volvió a enseñarme las encías, unas encías sin oquedades, córneas, de animal exótico, en cuya mueca se refugiara el postrer centelleo de su jovialidad y de su pasión.

—Bueno, dígame usted, ¿cómo pudimos imponernos?

—Difícilmente. Los galos querían extender su lengua por el mundo. Ya sabe usted que los franceses tenían una lengua casi universal, usada en todas partes. Y, claro, no querían resignarse a perderla. Los ingleses, orgullosos, permanecieron durante mucho tiempo sin entregarse, hablando su jerigonza. Arrollados más tarde por la humanidad, y sobre todo, fundidos con otras razas, consintieron dejarse entender. Los alemanes también soñaron con llevar sus palabras de cien sílabas al habla unánime. Nadie les hizo caso. El español, por estar ya extendido como ningún otro, y por su gran riqueza expresiva, admitiendo, claro está, voces y giros extraños, difundiose por el planeta. Un suizo iluso inventó cierto galimatías con el que intentó salvar todas las diferencias, todos los personalismos y todas las suspicacias. Pero fue un estupendo fracaso. Era preciso correr progreso adelante, y la humanidad, sabiamente, consideró mentecato interrumpir su marcha para estudiar un idioma demasiado gramatical, estéril, frío... Me regocijó todo aquello, y holgueme pensando que al persistir el habla española, no había desaparecido del mundo todo el carácter español.

—Entonces —dije con alguna timidez—, aún habrá corridas de toros. Los toreros estarán mal sin coleta, pero, en fin...

El 1.111.111 se quedó muy serio y me lanzó una mirada reconviniente, casi agresiva:

—¿Toros? Esa fue una barbarie de los tiempos crueles, algo así como las luchas de gladiadores romanos, brutalidad, brutalidad... Ahora ya no sólo han desaparecido las corridas, sino que ni siquiera hay toros. ¿Para qué? No se come carne ni se produce fuerza animal. Es usted un atrasado y no se le puede dar confianza. En seguida resurge en usted el hotentote.

Me alcé iracundo y corrí hacia el grosero, dispuesto a estrangularlo. Me había ofendido en todas mis fibras, no sólo aquel epíteto de hotentote verdaderamente inadmisible, sino también su bárbara diatriba contra la fiesta nacional. No en balde estuve cuatro años abonado al tendido 6.

—¡Ea! —le grité indignado—, estoy harto de soportar sus desdenes y sus frases molestas. ¿Conoce usted la esgrima? ¿Quiere usted que nos batamos a pistola? Si no, voy a romperle a usted el cráneo y a meterle dentro un poco de sentido común.

El 1.111.111 me veía avanzar sin miedo, riéndose, como un elefante podría mirar a un escarabajo. Yo le tiré una bofetada, mientras, levantado el pie derecho, intentaba derribarle las paredes intestinales. Pero lancé un ¡ay!, caí al suelo y sentí morirme. El 1.111.111 no se había incorporado siquiera, y continuaba sonriendo de un modo sarcástico.

—No se asombre usted —me dijo, ya compasivamente, viéndome caído y derrotado—. Le acabo de lanzar una corriente eléctrica. Pude lanzarle otra de fluido etéreo, un fluido más potente, más terrible, que se inventó hace algunos años, pero me ha inspirado usted compasión. Aun así, procure calmar otra vez sus nervios. Con sólo frotar mis dedos convenientemente puedo producir fluido bastante para matar a cien hombres.

Así, átomo, guárdese usted sus conocimientos de la esgrima para mejor ocasión, y no excite mis justas represalias.

Me levanté como pude, di gracias por tanta generosidad, prometí enmienda, abominé de los toros, y ya repuesto volví a mis preguntas:

—Y ahora explíqueme usted cómo viven, qué forma de gobierno adoptaron, qué cosas inauditas no he visto ni sospechado aún.

—Antes será preciso que yo trabaje un poco y que usted me ayude. Llevamos largas horas de holganza, y nuestra sociedad no consiente el estupor. Aquí el que no labora no tiene derecho a la vida. Venga usted. Vamos a construir una casa. Iremos a pie.

El edificio donde vivía el 1.111.111, y en cuya suntuosidad tenía una celda confortable, carecía de escalera.

Era accesible por las ventanas. Subíase a ellas en aeroplano, o por medio de unas poleas movidas eléctricamente, que unían la techumbre con el suelo y que subían y bajaban aceleradamente una especie de ascensor chiquito.

—Bueno, pero ¿no podría usted enseñarme su nido, estimable señor?

No tuvo inconveniente, y pude asomarme al hogar de aquel hombre maravilloso.

La pieza donde nos hallábamos era redonda, tenía el suelo, el techo y los muros de cristal, sin esquinas. Dos sillas y una mesa, de cristal también, formaban aquel ajuar siglo XXIV, higiénico y sucinto. Dentro estaba el cuarto de trabajo. Una anaquelería, llena de libros, una gran vitrina con instrumentos misteriosos, una butaca... Más adentro aún y en una ventana siempre abierta, el dormitorio. La cama no alzaba media vara del suelo, era de níquel y no tenía colchones. Nada más había en la alcoba. Ni siquiera una estampa de la Virgen, cándida, engendradora de sueños felices como la que yo tenía sobre mi cabecera.

—Su criada de usted —le dije— debe ser bastante perezosa. Aún no le ha hecho a usted la cama.

—¿Mi criada? La esclavitud está abolida por completo en el mundo. Por lo demás, mi cama está perfectamente hecha.

Yo apenas tuve nada que objetar.

—La desaparición de las criadas no me consterna —respondí—. En mis tiempos se habían puesto intratables.

Eran sucias, vagas, sisonas y alcahuetas; pero aun así resultaban imprescindibles. Ignoro cómo se las componen ustedes, y sobre todo no me explico de qué modo se las arreglan para fumar los bomberos y los guardias de orden público.

—Va usted de dislate en dislate —atajó mi amigo—. Ya no hay tampoco bomberos ni guardias. Nuestras casas de acero y de cristal, sin madera, sin papel, sin nada combustible, no pueden incendiarse. Por lo demás, habiendo desaparecido las tabernas, ¿qué utilidad podrían reportar los guardias?

Le di la razón, y torné a preguntarle:

—Pero dígame, ¿no tiene colchones ni sábanas su lecho?

—No. Esas blanduras pertenecen a una época roída por la molicie. Nosotros dormimos desnudos sobre el cristal. Es más sano, más puro, más breve.

La noticia me llenó de angustia. ¿En qué mantas arroparía yo mi pereza llegado el invierno? ¡Oh, aquellas deliciosas mañanitas invernales pasadas al suave calorcito del edredón, sintiendo el rumor vago de la humanidad que se afana por servirnos, teniendo la seguridad encantadora de que al despertar nos tendrían preparado el baño y el almuerzo! ¡Oh, dichas muertas, asesinadas por una civilización absolutamente despreciable, que ha suprimido en el ritmo de la vida sus encantos mayores! El hogar de mi amigo terminaba en la alcoba. No eché de menos la cocina por saber ya que no se yanta.

Por una razón semejante excusé la presencia del retrete.

—¿Qué le ha parecido a usted mi nido? — preguntó el 1.111.111 con un leve tonillo de presunción.

—Mal. Es una casa fría, que no se presta al reposo, al sueño, al amor. Es un trámite para seguir laborando. Es antesala de pelea. No atrae, no cobija. Mi placer más deleitoso, pasearme en bata por el pasillo canturreando alguna tonadilla zarzuelera, estaríame vedado en un hogar así. No lo envidio a usted. Mi casa, aquel prodigio, sí que tenía seducciones. ¡Ah!, a propósito, ¿no usan ustedes el baño?

—¡Qué ridiculez! Somos todos fabricantes de agua. Nos bañamos cuando nos acomoda y en cualquier sitio. En el dormitorio, por ejemplo. Después, con una fuerte descarga eléctrica, evaporamos el agua derramada. No pretenda usted darme lecciones. Es usted para mí como un niño congolés queriendo despampanar a un sabio yanqui. Pero vamos a trabajar. Mire usted que se me están acabando las píldoras, y no es justo que intente usted con su charla hacerme fallecer de hambre.

Salimos por la ventana, nos colocamos sobre las pequeñas plataformas adosadas a las poleas, descendimos en plena calle, brincamos hasta la plancha corrediza del centro, y en menos que se piensa dimos con nuestros huesos en pleno campo.

Debían ser las seis de la tarde. El sol íbase ocultando ya.

—Verá usted —me dijo el arquitecto— cómo se construye una casa.

Sacó sus planos, acercose a una máquina llena de émbolos, empezó a moverlos rapidísimamente y donde no había más que cimientos comenzó a surgir como por ensalmo un palacio colosal. En tres días de trabajo sin obreros, sin imprecaciones, sin blasfemias, gracias a una maquinaria formidable, cuya ardua complicidad no pude ni columbrar, estaba levantado un piso. Cuando lo terminó, con la ayuda de terribles palancas, verdaderos y fornidos brazos inteligentes, le dije:

—Bien. La Gran Vía de Madrid no fue precavida. Falta le hubiera hecho contar siquiera con un par de alarifes como usted. Pero dígame; ¿a qué piensan ustedes dedicar este palacio?

—Será el alojamiento del primer habitante de Marte que civilizará la tierra. Ayer se recibió un aeroplano diciendo que se halla en camino.

IV

Terminada nuestra labor, tomamos otra senda pildorita.

Yo, poco habituado a este régimen alimenticio, masculé una débil protesta.

—Hombre, por Dios, ¿no habrá en los rincones de África alguna tribu que aún se permita el lujo de comer? Podría usted transportarme allí en su aeroplano... Le juro que me siento capaz de asestarle un bocado a la pierna de un caníbal, tostadita y coruscada como un cochifrito.

El 1.111.111 sacó una jeringuilla, me clavó su púa en salva sea la parte, y me inyectó su estupendo jugo vital que me recordó las digestiones antiguas, cuando yo vivía entre los bárbaros y acudía de vez en vez a saciarme en cualquier fonda vituperable de a duro el cubierto.

Terminada la frugal comida, fuimos de sobremesa al casino.

—¡Hombre! pero ¿hay casino? —exclamé lleno de alborozo—. ¡Vaya, soy feliz! Aún no ha desaparecido la estética del vivir humano. Aún se jugará al monte y al treinta y cuarenta, y aún se podrán leer los periódicos sobre una meridiana, tras haberse hecho servir un té y una copita de licor.

—El casino moderno —replicome prestamente aquel *chafailusiones*— tiene un carácter muy distinto del casino clásico. No se juega ni se murmura. Es una especie de ministerio, parlamento y gobierno civil en una sola pieza, y, ¡claro está!, sin ministros, diputados ni gobernadores. En el casino, un edificio más grande que un pueblo, nos reunimos todas las noches cuantos necesitamos alguna cosa, cuantos queremos aportar una idea, cuantos tenemos algo que dilucidar. Habrá usted observado que ahora no se hace vida mundana. La gente ha comprendido toda la frivolidad que suponía la charla y el baile. Tampoco se tienen amigos. Ahora no se tienen más que *coaccionistas*. Hablamos unos con otros lo indispensable, y sólo nos reunimos para tratar de asuntos serios. Nuestro casino es, por consiguiente, una necesidad y no un recreo, si es que fue recreo alguna vez.

—Es gracioso —le respondí—; entonces ustedes, si no tienen ministros, ni gobernadores, ni otro símbolo del orden público, de la administración pública, ¿qué vida social pueden sostener?

—¿Fue preciso entre hermanos que se amaban, y, sobre todo, que iban al mismo fin, la autoridad coercitiva, ni siquiera el mecanismo puramente organizador? Cada uno hacía lo que le parecía más conveniente, y todos vivían en paz, sin echar de menos al vago, al déspota, que so pretexto de vigilar sus esfuerzos, vivía sin trabajar, dándose además grande importancia, creyéndose un ser privilegiado. Entre nosotros cada cual escoge la profesión que le acomoda, la ejerce lo mejor posible, gana lo necesario para el sustento, y no se preocupa de más.

—Sí, pero al menos, necesitarán ustedes alguien que sepa quién trabaja y quién no, que dé al primero su recompensa y al segundo su merecido. Además, ¿no se cometen delitos en el mundo? Necesitarán ustedes una fuerza pública, unos jueces...

—Nada nos precisa. Yo acabo de mover unos émbolos para construir la casa cuya edificación quise realizar. Bien. Pues en el gran almacén de píldoras, en el de túnicas, en el de calzado, en el de sombreros, en todos se sabe ya que trabajé y cuánto trabajé. Si hoy hubiera permanecido ocioso, los contadores automáticos hubieran estado inertes en mi cuenta. Y al pedir lo que necesitase no me lo entregarían al no habérmelo ganado. Por lo demás, la ociosidad es un fenómeno tan raro y tan mal visto, como la locura entre nosotros. Respecto de la delincuencia, ¿qué decirle? Es todavía más insólita. Ya no se puede robar. ¿Qué?... Ya no se puede matar. ¿Para qué?... Las causas promotoras del crimen, la lujuria, el lujo, la vanidad, han desaparecido. Como las hembras son de todos, los objetos de todos, los vicios de todos, ¿quién sería el imbécil capaz de hallarse descontento? Por lo demás, cuando acontece algún delito, no lo sentenciamos. El desprecio ejerce de tremendo castigo. La sociedad, enfriándose junto al delincuente, haciéndole en su redor el vacío, lo castiga y lo corrige. Si ustedes no hubieran encarcelado a los asesinos, se hubiera asesinado menos cada vez. Bastaba con que al inicuo que derramó la sangre de su prójimo no lo hubiera saludado nadie.

Yo escuchaba esta retahíla de sandeces, medio indignado y medio compadecido.

—¡La indiferencia! Usted, que no tiene entrañas, podría mirar con estúpido menosprecio al asesino de su padre, al ultrajador de su esposa, al que afrentó la faz venerable de un grande, ilustre, de un probo ciudadano ejemplar. Eso lo dice usted porque ya no le quedan ni los nervios. Es usted un aparato, calvo y sin dientes, de relojería.

En esto habíamos echado a andar hacia el casino. Yo preferí que nos llevasen nuestros pies, harto ya de aeroplanos y correderas.

Las calles eran amplias, limpias, silenciosas, un poco tristes.

—Y de la propiedad, ¿qué me cuenta usted?

—No hay propiedad. Sólo tenemos el uso de las cosas fungibles y el usufructo de las cosas duraderas que ganamos con nuestro esfuerzo. ¡Ah, pero de las cosas necesarias nada más! Lo superfluo no existe.

«¡Qué cosa tan desagradable! —pensé, viéndome sin mi reloj de oro, mis anillos y aquel bastón con puño de hueso que me gustaba tanto—. ¡No tener más que una túnica, una cama de cristal y unas pildoritas! ¡No valía la pena vivir, y menos luchar y tener ideas grandes, y escribir una hermosa novela y un glorioso libro de versos!».

Empujado por esta serie de razonamientos que supuse formidables, aséstele unas preguntas atroces al 1.111.111.

—Diga usted, el más útil a la sociedad vi-

virá mejor que el menos útil, tendrá derecho, ya que produce más, a consumir más.

—Es un error suponer tal cosa, y menos defenderla. No hay derecho a hacer culpable al idiota de su idiotismo y al inepto de su ineptitud. Somos iguales. Todos vamos hacia el mismo fin. Unos trabajan con las manos. Otros con la cabeza. Unos realizan obras menudas. Otros, grandes. Pero unos y otros, al dar lo que pueden, deben exigir que se les recompense con lo que necesiten. ¡Bastante premio tiene el inteligente con su propia inteligencia! ¿Le parece a usted justo que yo, encima de tener más talento que usted, verbigracia, le obligue a que me sirva, teniéndole además hambriento?

Algo paradójica se me antojó la teoría, y para refutarla tuve una frase decisiva, sin contestación posible.

—¡Ustedes han castrado al genio! Al suprimir la ambición suprimieron ustedes la iniciativa, el heroísmo, todo gesto sublime. Ustedes forman una muchedumbre gris, uniforme, encasillada. En cuanto me sea necesario consultar con mi vecino si debo ganarme tres duros, renuncio a escribir una obra colosal o a realizar un invento extraordinario. Para vestirme una túnica y zamparme dos pildoritas, mejor estoy dándole a una palanca vulgarmente. Yo le aseguro a usted que renuncio desde este instante a ser santo, héroe, descubridor, poeta eximio, algo que sea grande y fuerte. Mi lecho de cristal, y a vivir... Ustedes, con su cicatería, con su mediocridad, han castrado al genio.

Miré al 1.111.111 creyendo haberle anonadado. Estaba impasible. Sus ojos, fríos, gélidos, penetrantes, tuvieron una fulguración despectiva:

—El genio ya no existe, ni hace falta, ni es

conveniente, ni lógico. El genio y el millonario fueron una cosa nefasta que aturdió a la humanidad durante los siglos de barbarie. El millonario estaba producido a expensas del hambriento. El genio, a expensas del inculto. Cuando eran casi todos los hombres indoctos, cerriles, la naturaleza elegía un cerebro para desbordar su gracia, su brío, su intensidad mal contenida. Estos cerebros eran como cráteres por donde la pujanza oculta buscaba un desahogo. La humanidad era entonces una llanura de banales, dominada por raros hombres de genio. Y el genio, sobre ser anormal, fenomenal, contra naturaleza, solía ser perturbador, enredador. Ahora, lo mismo que se ha difundido la riqueza, se ha difundido el talento. Ahora no nacen hombres tan fuertes como Quevedo, Hernán Cortés, Edison, Marconi; pero, en cambio, no hay hordas analfabetas, ineducadas, frívolas. Y, créame, es más amplio y más seguro el esfuerzo de mil hombres laboriosos, inteligentes, sin pretensiones ni jactancias, que la impetuosidad efímera de un solo genio rodeado de tontos.

Confieso que aquel tan rotundo argumento me dejó aplastado.

—En fin —me dijo el 1.111.111—, ya estamos a las puertas del casino. Entremos.

Miré a lo alto y no vi la techumbre. Los rascacielos de Norteamérica, que yo adiviné en fotografía y que me parecieron una extravasación de la vanidad humana, serían chozas junto a este palacio, cuyas veletas podrían meterse por los ojos de la luna.

El zaguán era enorme. No había porteros ni conserjes. Unos ascensores vertiginosos subían y bajaban a cientos, a miles, causando mareo.

Nos izó uno, ligero como un meteoro, y

dimos en cierta estancia descomunal, por la que pululaban como sombras los hombres nuevos.

La impresión que todo aquello me produjo fue enorme. El siglo XXIV, contemplado en un solo individuo, analizado en una sola célula, y, sobre todo, poniendo en la investigación toda la curiosidad que inspira, como estupendo, resultaba, si no agradable, tolerable.

¡Ah, pero el siglo XXIV, visto en conjunto, atisbado en grandes masas, era horrible, horrible! ¡Aquellos casinos del siglo XX, adorables, ruidosos, llenos de simpatía! ¡Aquellas gentes de mi tiempo, risueñas, gozosas! ¡Aquel abigarramiento feliz! ¡Aquella ligereza para juzgarlo todo, para salvar al país, para resolver las cuestiones políticas! Esto, en cambio, era como asamblea de hipocondríacos, de fúnebres. Muebles de cristal, monótonos, sin arte, sin lujo. Unos hombres flacos, larguiruchos y feos. Unas conversaciones breves, sobre cosas de interés sumo. Ni un chiste, ni un comentario, ni una mordacidad. No había tapete verde, ni billar, ni periódicos, ni mesitas de tresillo, ni humo de cigarros fumados apaciblemente, ni una risotada, ni el paso frufruante de unas faldas que cruzan... El 1.111.111 habló con otros números acerca de cosas que no entendí. Se abstuvo de presentarme a los demás. No me hicieron caso. Al cabo de un momento, el 1.111.111 me llamaba para acercarme a una taquilla.

Tras la taquilla, una mano esquelética me alargó cierto papelito. Miré. Era la concesión de un departamento en el mismo edificio donde vivía el 1.111.111.

Mi aburrimiento llegaba ya a la desesperación.

Comprendía que nunca, nunca, podría simpatizar con estos hombres fríos, absorbidos por la ciencia y por la mecánica, sin corazón, sin pasiones, sin sexo.

—Oiga, usted —supliquele al 1.111.111—, me hastío. Vámonos de aquí. Lléveme a un teatro, a un circo, a un cinematógrafo.

Y el infame tornó a compadecerme.

—El teatro, el circo y el cinematógrafo son unos pasatiempos innecesarios que la vida moderna suprimió. A sus recintos no iban más que los banales. ¿Acudían en su tiempo a tales recintos los hombres de ciencia? Ahora todos somos hombres de ciencia. Nosotros no comprendemos las bambalinas.

—Entonces —objeté—, vamos a una botillería, a un café cantante. Aunque las hembras no sean demasiado bonitas, al fin serán mujeres.

—Sueña usted. Nuestras mujeres no cantan ni bailan. Estudian. La mujer no es ya un atractivo de la vida, un adorno, algo que existió para el hombre, recreo de los ojos, encanto del alma, placer de los sentidos. Ustedes eran unos egoístas, y habían trocado en objeto de concupiscencia a la mitad del género humano. Ahora, las mujeres, fuera de que algunas se dejan embarazar estoicamente, sin deliquio, sacrificándose para que no desaparezca la especie, trabajan, estudian, inventan, descubren. Vamos, estaría graciosa una de nuestras intelectuales, que se ha quedado miope sobre los libros de álgebra, danzando ridículamente como una gitanilla de antaño.

A mí, al escuchar todo aquello, me sentía cada vez más anarquista. De buena gana le hubiera dado un puntapié al tinglado ridículo de aquella civilización absurda, y hubiese plantado sobre las ruinas del intelecto una plebeya y fragante mata de claveles.

—Bueno —repliqué ya en última instancia—, vamos a oír un poco de música, veamos alguna exposición de pinturas, entretengámonos con algo espiritual, ya que no puede ser con algo burdo, infantil.

Pero aquel hombre era implacable.

—¡Música! ¡Pintura! ¡Arte! El arte ha sido una engañifa con la que algunos vividores se llenaban el buche sin trabajar. Hacer ruido, embadurnar lienzos... ¿Qué utilidad reportan esas andróminas, esas supercherías? Las sinfonías más armoniosas y los lienzos más expresivos no eran sino frivolidad. El arte es bárbaro por lo mismo que significa exaltación.

Si no me hubiera contenido el *redror* a una descarga eléctrica, le hubiera hinchado los morros al blasfemo.

¡Abominar del arte! ¡Llamarle bárbara a esa magia de la vida, que nos redime de toda impureza, que nos hace olvidar la bellaquería

97

humana, que nos hace casi divinos! ¡Llamarle a Goya embadurnador! ¡Suponer a Beethoven un mal desafinador de carracas!

—Entonces —le dije al 1.111.111, ya furioso—, ¿qué hacen ustedes por la noche? ¿En qué se divierten? ¿Dónde pasan el rato? ¿Qué placeres cultivan? ¿Son ustedes tontos?

—Usted, salvaje criatura —me respondió impertérrito—, piensa con cerebro de hotentote, de poco más, de español. Usted supone que los hombres no hemos cambiado. Usted se imagina que nos pueden causar asombro unos colorines mezclados a unas semifusas atropelladas. Es como si le asombrase a usted que un hombre del siglo XX no se quedara turulato ante la simplicidad arquitectónica de un dolmen. Nuestro espíritu ha seguido pistas más refinadas que la ya caduca y agotada del arte. Además, Velázquez en pintura, Cervantes en literatura, Rodin en escultura, Wagner en música, llegaron al máximo de la potencialidad artística. ¿Para qué seguir trabajando en una cosa rematada, de límites parvos y estrechos, en la que no había un más allá? Nosotros hemos orientado el pensamiento en un camino anchuroso, lleno de luz y de grandiosidad casi infinita.

La ciencia... Descubrir todos los días algo nuevo, dar un nuevo paso en el camino del progreso, hacernos dueños de la naturaleza, dominarla, trocar este ruin gusanillo que se llama el hombre, en algo asombroso que lo mueva todo, que lo maneje todo, que no lo venzan obstáculos ni lo aturdan misterios. ¿Hay algo más bello, más grande? Reconozca usted que una humanidad científica, *ultracientífica* como la de hoy, se tiene que reír del arte.

Era imposible discutir con aquel hombre. Me ganaba, si no en dialéctica, en sabiduría.

Además, mi cerebro, tan distinto del suyo, no podía entenderse con el logaritmo que debía llevar aquel hombre bajo el cráneo.

Enmudecí.

Transcurrido un momento, le dije:

—Bien, ¿qué hacemos? Yo me iría en busca de unas mozas. Le juro que no haría remilgos. Tal es mi apetito, señor casto. Pero, la verdad, no me atrevo siquiera a preguntarle...

—Y hace usted bien. La hembra, sobre ser libre, es ahora menos que lasciva, casi asexual.

—Y, sobre todo —exclamé yo convencido—, ¿qué ofrecerles? ¿Dinero? ¡No lo hay! ¿Un piso? ¡Ya lo tienen! ¿Una peluca? ¡No la gastan! —Encogí mis hombros, y acabé, lleno de cansancio, de atonía, de irresolución—: ¡Vaya, echaremos un sueñecito, y mañana será otro día!

El hombre, deferente, me acompañó hasta casa.

Fuimos callados, sin comprendernos, en los bordes antagónicos de un abismo. Nos encaramamos hasta el piso decimotercero. Como no había puertas, cada uno entrose de rondón en su casa. Cuando me vi solo entre aquella cristalería, junto al lecho aquel, estuve a punto de llorar. Sin embargo, como nadie me hubiera compadecido en Europa, en la Tierra, en el Universo, preferí callarme.

Luego, arrastrado por una curiosidad suicida, me acerqué al balcón. Hilos metálicos, plataformas de acero, aeroplanos, máquinas, cristal, relojería, ciencia, mecánica por doquiera. Ni una iglesia, ni una academia, ni un coliseo, ni nada que hablase de fe, de poesía, de idealidad. Hierro, hierro por todas partes. Un aparato volador que pasó cerca de mí, y que producía un ruido monótono y seco me dio pavor, me llenó, sin saber por qué, de angustia. Miré a la humanidad.

Estaba seca, disecada.

Era sólo un nervio, un nervio terrible y vidente para el que se habían acabado los dioses, los mitos, los encantos, lo alegre, lo poético, lo sentimental. Sin ropaje áureo, sin leyendas, sin sueños, la humanidad vivía como un enorme demente a quien le hubiera dado la manía de investigar, de saber.

El hombre no era sino una ridícula miniatura embebecida, retraída en una ciencia sin finalidad, un pobre árbol desnudo, sin las hojas ni las flores del sueño y del encanto, puntiagudo, seco, árido, señalando con sus ramas desesperadas la nimiedad mentecata del caos...

—Si al fin —pensé—, todo esto hiciera felices a los hombres...

Estuvo el interrogante devorando mi pensamiento durante largo rato. Al fin, exclamé decidido:

—¡Bah! Es posible. Acaso los engañados hayamos sido nosotros, los poetas. Es posible que estos hombres, en un mañana glorioso, se apoderen de la naturaleza, la esclavicen, lleguen a ser como dioses, consigan la dicha perfecta y la inmortalidad.

¡La inmortalidad! Es decir, la impresión de nuestra más trágica desdicha, el paradero aciago de todos nuestros mezquinos ideales, ese momento bárbaro, que atosigara toda nuestra existencia, y que siempre implacable en el tálamo, en el festín, en la hora sigilosa del estudio y en la jocunda hora del placer, nos asaltaba con su recuerdo vil.

Esta sospecha me hizo no arrojarme por el balcón.

Me acosté. Al despertar, el 1.111.111 estaba junto a mí.

—Duerme usted como un antropófago del

siglo XX. Vamos, álcese usted. Le preparo una sorpresa inaudita. El marciano acaba de llegar. Concede audiencia en el casino. Ea, venga usted... Ea, corra usted.

LA TRAGEDIA DE ESTA TARDE

Alfonso Vidal y Planas mata en Eslava de un tiro a Luis Antón del Olmet

LUIS ANTÓN DEL OLMET (Foto Alfonso)

ALFONSO VIDAL Y PLANAS (Foto Alfonso)

La primera noticia

En el teatro de Eslava

Dicen los artistas de Eslava

La parte facultativa

El cadáver de Antón del Olmet

El agresor intenta ir a presentarse a la Dirección de Seguridad

Antón del Olmet, a la Casa de Socorro

Una versión contradictoria. Vidal y Antón, íntimos amigos, cenaron anoche juntos

Traslado del cadáver al Depósito

¿Qué pasó ayer?

Vidal y Planas, en la Comisaría. Las pesquisas de Seguridad

La estatua y la viuda de Antón del Olmet

En salud del duelo

Congreso Teresiano

El desfalco de Laroche

Las obras del Palacio de Justicia

Tres mujeres de cuidado

Tres heridos en un vuelco de motocicleta

Noticias de Sevilla

Mussolini piensa acusar como traidores a los jefes socialistas

El segundo premio de la lotería

No banderilleará en Sevilla ningún asociado

Interesa a las señoras

LUIS ANTÓN DEL OLMET EXPIRANDO EN LA CASA DE SOCORRO DE LA CALLE DE LA TERNERA (Foto Alfonso)

V

Por el camino me fue contando la historia de Marte y de los marcianos.

—Hace ya muchos siglos, esos privilegiados seres habían alcanzado una civilización superior a la nuestra, infinitamente superior. Ignoro la razón de progreso tan repentino. Quizás las substancias que forman ese planeta, quizás su modo de combinarse, quizás... En fin, es un hecho que nos han llevado una ventaja de siglos en el transcurso de la civilización. La fecha en que intentaron hacerse amigos nuestros es remotísima.

Encendieron enormes hogueras, produjeron tremendas detonaciones. A veces nos enviaron un bólido... Nada.

Éramos tan brutos, que dimos en callarnos. A lo sumo, algún avispado se atrevía a sospechar si aquello no serían unas señales... Por fin, hace cosa de medio siglo, la Tierra comenzó a percatarse y a querer entablar comunicación.

Encendimos también hogueras, hicimos también señales terribles, que costaron grande esfuerzo y muchas vidas. Un aviador, mártir de la ciencia, subió hasta los límites de la atmósfera con una fabriquita de oxígeno, y desde allí disparó un instrumento al que llamaré pistola, para que se forme usted una idea... Bueno, para ahorrar explicaciones que usted no lograría entender, hace tiempo que nos comunicamos, que sentimos este gran parentesco solar. ¡Ah, pero vernos, vernos! Ha sido un anhelo formidable de terrestres y marcianos, que hoy, por fin, día venturoso y triunfal, vese cumplido.

El 1.111.111 hablaba con una vehemencia que no sospechara en su frialdad. Parecía estar hondamente preocupado con aquel poblador de Marte que nos había deparado la Providencia.

Yo también, ¡qué diablos! tenía ganas de verle las narices al señor aquel.

—Y diga usted, protector —interrogué curioso—, ¿cómo son esos hombres? ¿Tienen nuestra configuración? ¿Qué grado de civilización alcanzan? ¿cómo son, en suma?

—Más pequeños que nosotros, pero no absolutamente diversos. Poseen piernas, brazos y cabeza. Se diferencian en que no tienen más que un ojo, y en otros detalles nimios. De todas maneras, ahora mismo lo vamos a contemplar. Ande usted más deprisa, hombre, podíamos haber cogido un aeroplano.

Arreciamos en la marcha, y llegamos al casino cuando ya estaba atestado por un enorme gentío. No había, sin embargo, alborotos, ni disputas, ni se hacía necesaria la intervención de los guardias para mantener apacible a la cola. Dos horas largas nos costó llegar al salón donde el marciano se exhibía. Cuando lo vi me fue preciso contener un grito de asombro.

Estaba desnudo, apoyado sobre la pared. Era pequeñito como un niño de seis años. Tenía la piel verduzca, y era tan flaco, tan sutil, tan espiritado, que a veces, al mirarlo fijamente, se desvanecía. Su forma recordaba la de una rana enorme. No tenía nariz. La boca era un agujerito redondo por donde casi no pasaría cómodamente una de mis píldoras nutridoras. Los dedos eran largos y flacos, enormes dedos que desarrolló el trabajo, un trabajo astuto, de inquisición. En medio de su cara horrible, repugnante, como la de un reptil que tuviera mucho talento, fulgía un ojo lleno de sabiduría, de inteligencia, un ojo atroz, que se reía de nosotros, que nos contemplaba como si fuéramos animales inferiores, un ojo aborrecible, aberradamente cerebral.

—Háblele usted —le dije a mi amigo.

El 1.111.111 se acercó lleno de admirable desparpajo, y le hizo una pregunta. El marciano, sin enterarse al parecer, respondió algo que nadie alcanzó a descifrar.

Yo, sin embargo, creí descubrir el sentido de aquella voz sobrenatural, siniestra. ¡Qué tono el suyo! No era voz de hombre, ni de animal, ni de algo terrestre.

Era una voz como de arpía, demoníaca voz de vejezuela condenada, voz execrable, que hizo estremecer todas mis vértebras.

—Háblele usted por señas, a ver si le comprende... Así lo hizo el intérprete, sagaz, y con buen resultado.

La mímica, al fin natural, al fin ingenua, venció. No hablaban. Sus manos, sus ojos, sus expresiones, algo genial y maravilloso, una corriente eléctrica entre ambos espíritus, cierta proximidad intelectual, hízole sostener mudo y aunque difícil, elocuente diálogo.

—¿Qué dice? —preguntaba yo de vez en vez.

—Dice que ha hecho el viaje en aeroplano hasta el confín de la atmósfera. Después, provisto de un gran jugo vital, ha seguido la ruta de la luz y ha seguido empujado por ella. Luego nuestra ley de gravedad le ha hecho caer. Para evitar una celeridad excesiva, le untó a su piel una costra de cierto metal gran estimulante de fuerza centrífuga.

El interés crecía en mi alma ante prodigio tanto.

—¿Qué dice? ¿Qué dice?

—Dice que en Marte la civilización ha llegado al máximo. Dice que no hay secretos para sus moradores.

Dice que sólo les falta conquistar el Universo, porque ya tienen conquistado el planeta.

Seguían hablando. Yo lo miraba todo en una sensación inenarrable que nadie imaginara, que sería necesario experimentar para sospecharla siquiera.

—¿Qué dice? ¿Qué dice?

—Dice que todos son ricos, poderosos, que apenas les hace falta luchar para vivir, todo lo han reducido a simples operaciones mecánicas, que no tienen dolencias...

—¿Qué dice? ¿Qué dice?

—Dice que suprimieron los sexos. No hay

más que uno, el neutro, como entre las abejas. Dice que se obtienen los hijos en el laboratorio cuando han menester.

—¿Qué dice? ¿Qué dice?

—Dice que han logrado procedimientos químicos maravillosos, que han inventado aparatos físicos sorprendentes, que su e*xtracivilización* es total, y que al descubrir la Tierra han dado el último paso, el definitivo, en el camino de la perfección.

—¿Qué dice? ¿Qué dice?

—Dice que son capaces de llegar al sol, de pararlo, de hacerlo emprender un nuevo movimiento, de cambiar la postura de los astros, de viajar por los ámbitos sin fin.

—¿Qué dice? ¿Qué dice?

—Dice que son inmortales. Dice que han descubierto la célula vital, que fabrican vida, que no mueren nunca.

Estuve callado un momento, absorto, sobrecogido por aquella revelación gigantesca. El marciano, verde, sutil, con un ojo lleno de inteligencia y de sabiduría me parecía un dios tangible, un dios visible, un dios imitable, alcanzable. Estuve a punto de caer a sus plantas, y llorar de júbilo, de placer, de suprema esperanza. Estuve a punto de rezar bajo su excelsitud. Estuve a punto de llegar hasta sus pies y besarlos diciendo: «Padre mío, que te libraste de la miseria, del sufrimiento y de la muerte, acógeme. Padre mío, sonríeme. Padre mío, bendíceme ».

Y lo miraba en éxtasis, supremo, radiante, magnífico y revelador. Su fealdad me pareció belleza divina; su voz, canto risueño de esperanza; su verduzca y triste desnudez, manto de púrpura cesáreo. Y quise acogerme a su pecho, bajo su tutela, y beber en su efluvio sobrenatural el bálsamo inefable de la dicha eterna, del reposo infinito.

Pero me contuvo una pregunta bárbara, gélida:

—Pregúntele usted si son felices.

Hablaron. Se oía mi pulsación. Creí volverme loco esperando la solución de aquel enigma.

—¿Qué dice? ¿Qué dice?

Estuvo un rato el 1.111.111, sin responderme. Yo comprendí la verdad en sus ojos. Al fin, dejando caer los brazos exánimes, y rompiendo a llorar, cayó sobre mi pecho como en una demolición repentina de todo su ideal, de toda su vida aniquilada.

—¡No, hermano, no! Dice que no... Dice que sus semejantes padecen la horrible dolencia del hastío. Dice que habiéndolo descubierto y gozado ya todo, les pesa la inmortalidad como una carga estúpida. Dice que se suicidan a millares con un gesto impávido. Dice que su tristeza, una tristeza honda, absoluta, insospechada por nosotros, la tristeza de verlo todo y verlo vacío, estéril, sin principio y sin fin, les anonada. Dice que son los seres más tristes, más sombríos del pobre universo cansado, que su melancolía desconocida por nosotros, una melancolía absoluta, melancolía suprema de semidioses que se saben mezquinos, les pesa como un infortunio brutal.

Lloré. Y mientras lloraba yo, aquel pobre ser verduzco, reía con su gran ojo inteligente de una manera sarcástica, implacable, como podría comentar un gran filósofo pesimista los pobres afanes de un reptil.

Sin oír más, bajé hasta la calle. Pasó un transeúnte:

—¿Dónde se halla el museo prehistórico?

—Por ahí... Llegué. El conserje dormitaba.

Pude llegar sin ser visto hasta mi vitrina. Allí, cándidas, inocentes, dormían las momias, mis hermanas buenas. Al verlas híceles un saludo afable, cordial, en el que puse toda la inmensa ternura de mi alma. Después, a hurtadillas, alcé la tapa y ocupé mi sitio.

Antes, en un papel que puse con todo cuidado sobre la vitrina, escribí: «Que no se nos despierte. Queremos dormir. Tenemos derecho a dormir, a ignorarlo todo.

Exigimos ser durante la eternidad, poetas...».

FIN

Editores de Novela corta

Beatriz

CUENTO POR

Ramón del
Valle-Inclán

Ilustraciones
de V. IBAÑEZ

10 cénts.

EL CUENTO
GALANTE

LA LOCA
DE LA CASA
-POR- ANDRES-GONZALEZ-BLANCO

EL CUENTO NUEVO

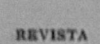

REVISTA   SEMANAL

Tomo II   Núm. XII

Jueves, 1.º de mayo de 1919

EN LIBERTAD

(Aguafuerte, *en un prólogo y tres capítulos,*
arrancado de un libro, «sentido» e inédito,
expresamente para EL CUENTO NUEVO)

POR ALFONSO VIDAL Y PLANAS

PRÓLOGO

RA como un gran brochazo amarillo, toda empapada de sol, la mañana. En la sombra hirviente de la garita militar se cocía un centinela, tieso e inmóvil, como clavado en el suelo por los pies...

Isabel había llegado hoy a la Cárcel con más de media hora de anticipación. Ansiaba la entrevista, e iba hacia ella raudamente, como al trote de sus afanes desbocados de comunicar a León, su novio bueno, la noticia de la libertad próxima.

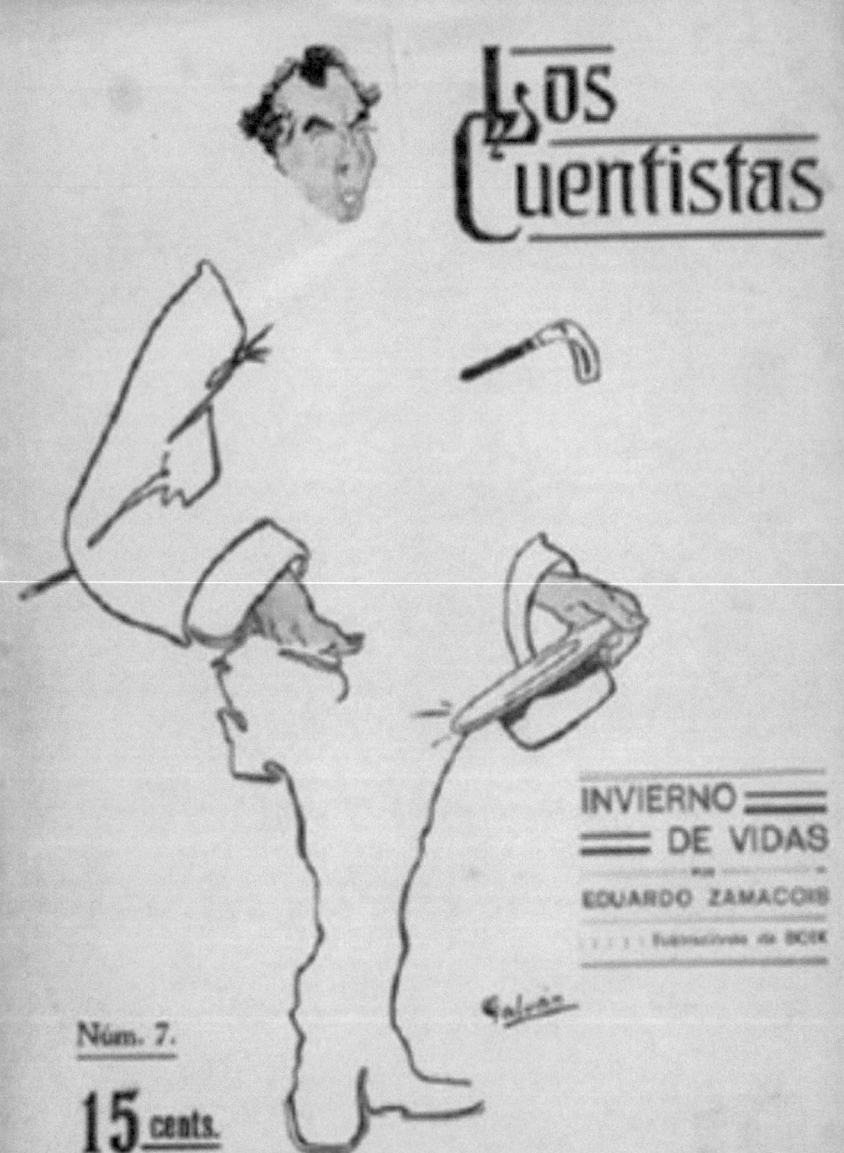

Los Cuentistas

INVIERNO DE VIDAS

POR

EDUARDO ZAMACOIS

Publicaciones de BOIX

Núm. 7.

15 cents.

La Novela Semanal

N.º 1   ALMA GITANA   10 CENTS.

— ¡Cobarde! Voy á vengar su muerte.

LA NOVELA
CORTA

10 cts.

LA MUJER FRIA

COLOMBINE

La novela de
UNA HORA

XI XII I
X II
IX III

ARMANDO PALACIO VALDÉS
LOS CONTRASTES ELECTIVOS

La Novela de la Modistilla

30 cts

¡Adiós, juventud!

Novela de Francisco Mario Pistacce

LA NOVELA ROJA

EL MAS BELLO AMOR
DE DON JUAN

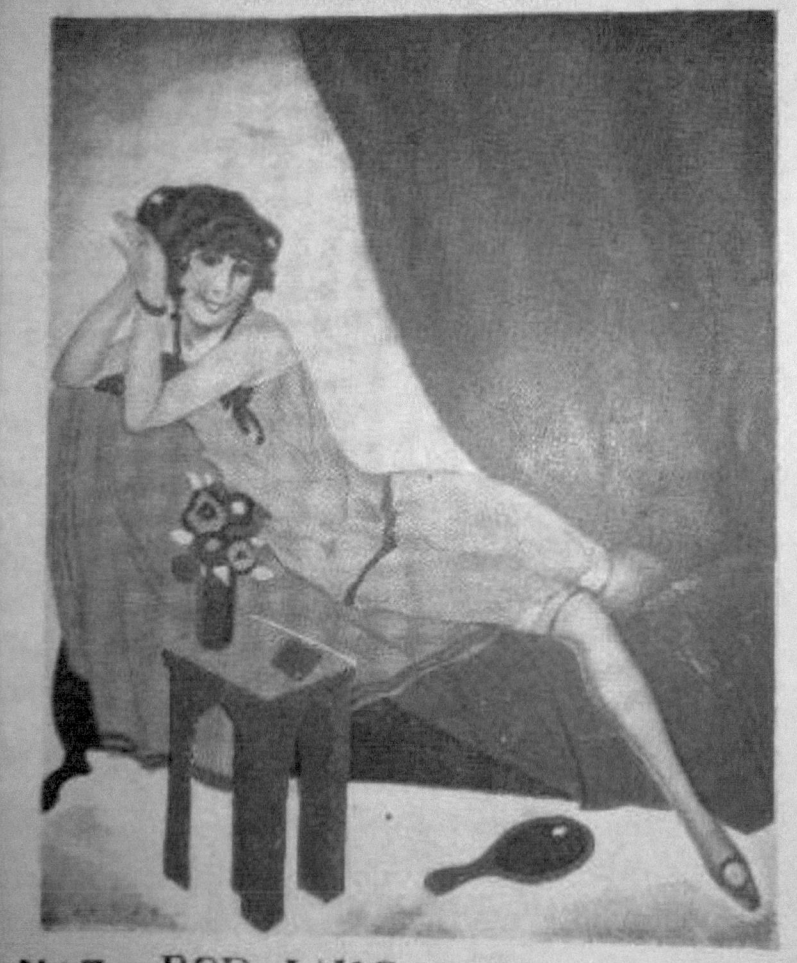

N.º 7   POR LUIS CAPDEVILA   20 cts.

La Novela Cómica

CARLOS ARNICHES

EL AMIGO MELQUIADES

10 cts.

DIBUJOS DE FRESNO

La novela
TEATRAL

30 cts

CÉSAR MURO

AMO Y CRIADO
Comedia en tres actos,
refundida en cuatro por
TOMÁS LUCEÑO

1923.

La Novela Breve

Número
Extraordinario

ESPECTROS

por

Enrique IBSEN

20 cts.

LA NOVELA ACTUAL

Alfredo Marqueríe

EL MISTERIO DEL CIRCO

1
PESETA

LA NOVELA
DE HOY

30
ctms.

EL MOMENTO DIFICIL
POR
PEDRO MATA

La novela
MUNDIAL

LA CASA DEL CRIMEN

por Pío Baroja

30
cts.

La Novela de Bolsillo

✿ ✿ ✿

La papeleta de empeño

POR

JOAQUIN BELDA

ILUSTRACIONES DE TOVAR

La NOVELA
del SÄBADO

BIENVENIDO,
MISTER
MARSHALL

Nº 20

LA NOVELA IDEAL

EL ALIMAÑERO

por Mauro Bajatierra

NÚMERO 86 === 15 CÉNTIMOS

EL HOMBRE INVISIBLE

Por HERBERTO JORGE WELLS   (NOVELA COMPLETA)

25 cts.

Revista literaria

NOVELAS Y CUENTOS

LOS NOVELISTAS

La Novela de la Guerra

La Opinión de los demás

POR

Juan Ignacio Luca de Tena

UNA NOVELA CADA SEMANA
DE LAS MEJORES FIRMAS

40 CÉNTIMOS

LA SEÑORA, LOS SUYOS Y LOS OTROS
Novela de GABRIEL MIRÓ
Ilustraciones de MANCHÓN

Los Contemporáneos
30 cénts.

«Los Contemporáneos»

Y "LOS MAESTROS"

Pedrero

LA DAMA JOVEN

NOVELA

Original de EMILIA PARDO BAZÁN : :
: : : : : : : : Ilustraciones de PEDRERO

31 DE JULIO DE 1914   NUM. 292

30 eénts.

Carlos Miranda

MI DULCINEA

EL LIBRO POPULAR

20 céntimos

ALEGRIAS

nº 22

30 ctms.

LA
GORDETA
PILARIN

PRIM.

MARZO

1899

Tomo I   266   Núm. 1

DEMI-MONDE

IO CÉNTIMOS

SALE LOS VIERNES

Venus

Libros Mablaz

Narrativa — Relatos

/www.librosmablaz.com/